香港非遺與葉問詠春

阿樺秘笈

李家文　彭芷敏　著

鄧子健　繪

序一

投入詠春世界近 10 年，在拳館有緣遇上的師兄師姐，甚少借故偷懶。都學會了標指，甚至八斬刀法，還要每周努力上課，究竟何時才學完？疫情下連實體課也一度暫停，多少人學功夫的熱情減退了？上網課能與拳館上下保持聯繫，還能出一分力，與師父共渡時艱。學詠春，從不只學習技藝，更學習拳館文化、尊師重道。

曾經在香港舉行的世界詠春仝人大會，吸引多位知名海內外詠春師傅及詠春愛好者到某中學出席。今年是葉問宗師逝世 50 周年，感恩有心人捐款支持研究中華武術與體育文化傳播項目。再辦新一屆世界詠春仝人大會，會遇上書中的主角阿樺和好朋友阿晉一展身手嗎？

要傳承葉問詠春，先到中小學開辦詠春班，從中選拔學生到拳館免費學習。能否持之以恆，和這繪本的主角一起成長、共同進步？由小五學生到升上中學，要面對的困難只會越來越多，如何懂得以柔制剛？翻閱這繪本，相信會找到小貼士。

李家文

香港非遺與葉問詠春，不單是書名，亦是田家炳基金會資助的項目。入學校包括舉辦親子工作坊，學習如何親手製作獨一無二的秘笈。小時候老師總要求多閱讀，然後要交讀書報告。此刻的你，會選擇一本寫得密密麻麻的書，或是這繪本呢？

兒子笑說：「你這本書字很少呀！是在畫我嗎？不如加上我學校的校徽……」常識科老師的名字由兒子提議，有他的參與，加上傳媒人、好朋友彭芷敏創作，和兒童繪本作者鄧子健的心思，還有詠春研究項目的兩位顧問——樹仁大學中文系彭耀鈞師兄和楊永勳師父，這書雖然只有幾千字，但每個字和動作都經過反覆討論及考究。

上課時，有抄筆記的習慣嗎？
在拳館，有師兄會趁中途休
息，將學習心得記下。你自製
的秘笈，有機會可以借來一看
麼？放心，不會抄，只會慢慢
欣賞。

當初阿晉被葉問「上身」的老友阿樺打了一拳，還拉了自己去習武。我都有個對葉問詠春一鼓作氣的朋友，幸好沒有受過皮肉之苦。

這數年來跟著家文走上武術研究之路，其中香港非遺與葉問詠春繪本源於 2020 年底一個基金撥款，當時一口氣構思 10 本繪本的內容。那次申請沒有成功，我們整合內容，阿樺的故事終究能夠出版，並以上下兩冊呈現。我深信，這是更好的安排。

與家文合作創作阿樺的故事是一個學習的旅程，學習如何取捨、如何妥協，還有更多。說不上愉快，但彌足珍貴。如同阿樺和阿晉在黐手中感受對方的力量和節奏，在習武甚至人生路上一同成長，彼此成就。

感激香港樹仁大學新聞與傳播學系，成就了今日的我。感謝樹仁新傳系系主任李家文博士，從不吝嗇肯定我。

彭芷敏

阿樺

升上中一的阿樺對詠春的興趣有增無減,心急想打出成績,對詠春的內涵也有所體會。

阿晉

成熟不少的阿晉不再是阿樺的欺負對象,兩人依然老友,亦成為推動對方進步的力量。

葉準師父

阿樺和阿晉的詠春師父,「父」有父親之意,葉準師父教授招式,也向徒弟傳承詠春內涵以至做人道理。

大師兄

平日輔助葉準師父帶領師弟妹練拳,又擔當拳館中的大哥哥角色,照顧一眾兄弟姊妹。

七十年代彌敦道
一帶酒樓多，拳館又多，
也不難發現
葉問的足跡⋯⋯

葉準師父緬懷香港武林舊日的盛況，阿樺聽得津津有味，也開始了解師父作風，不再在飲茶時請教拳術，打擾師父「嘆茶」。

世界詠春仝人大會齊
集各大系統的同門，
聚首一堂切磋武藝。

詠春體育會惠存

華夏振
風雄

阿樺學習詠春一年多，終可
走到台上，在仝人大會上表
演尋橋，老友阿晉表演標指。

大家都驚嘆阿晉學拳一年多就懂標指，又讚賞他表現好，
讓原本信心滿滿的阿樺很不高興。

阿樺希望拳術有所進步，得到其他人認同，
於是找來葉問宗師一段在網上廣泛流傳的
示範片段，反覆觀看模仿。

阿樺只顧練拳，而且對阿晉態度惡劣，大師兄發現不妥，猜想阿樺妒忌心作祟。

去喝珍珠奶茶吧！

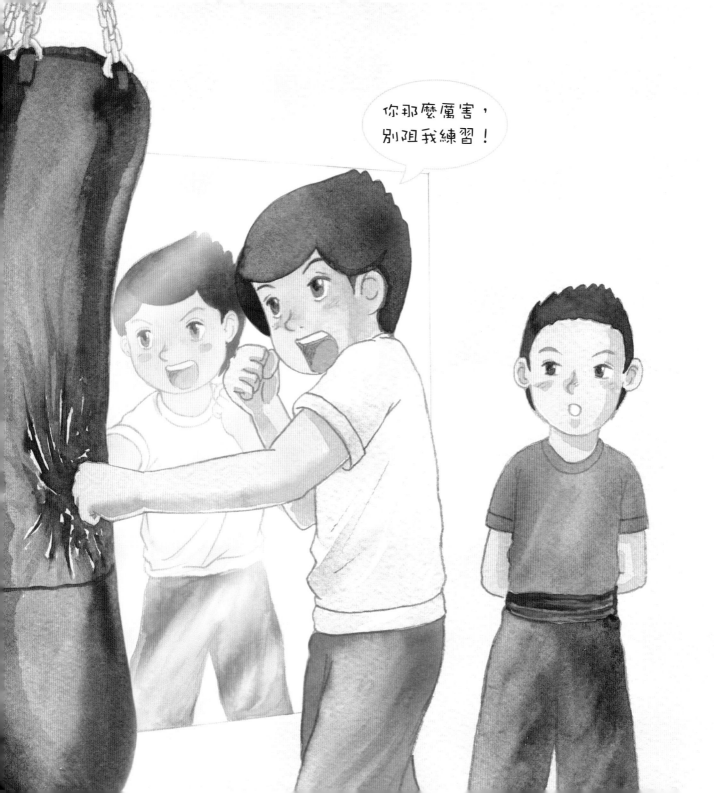

傳統武術蘊含尊師重道的精神，
拳館眾人每年清明節都會前往拜祭葉問宗師。
拜祭期間，大師兄刻意說起宗師與好友李民的故事，
提醒阿樺友誼比面子重要。

阿樺心煩，練起拳來也力不從心，他想和阿晉道歉，但又介意自己技術不及對方。

因為你只用蠻力。

黐手練習是感受雙方的力量，掌握節奏，互相成就。
阿樺頓時明白，同門和朋友之間的切磋是要令大家
一起進步，應良性競爭。

24

師父常說做人與詠春都要以
柔制剛，結果阿樺主動真誠
道歉，阿晉就
大方接受了。

每年中秋節，眾多詠春同門
除了和家人團年，也會一起
在詠春體育會過節。

大家翻看舊相片和族譜，聽葉準師父講從前。阿樺看見葉正師傅耍六點半棍的相片，很心急想學習這新技藝。

先打好
根基再說！

我可以
學棍了嗎？

葉準師父說拜師儀式不重要，族譜列明的一些入室弟子都沒行拜師禮。葉正師傅也說過，父親不習慣徒弟下跪拜師。

[IP MAN] ([YIP MAN])

[葉問]

先承陳公華順、再承梁公璧

FIRST TAUGHT BY SI-FU CHAN WAH SHUN, LATER TAUGHT BY SI-SOK LEUNG BIK.

SEX 性別	PRESENT ABODE 現居地	ALSO TAUGHT BY 別個師承

Genealogy of the Ming Tsun Family

Published by VING TSUN ATHLETIC ASSOCIATION

詠春族譜

詠春體育會編印

我已學了一年多，要拜師嗎？

隨你喜歡！

[LEUNG SHEUNG]
[梁相]

師承葉問宗師

TAUGHT BY GRANDMASTER IP MAN

NAME 姓名	SEX 性別	PRESENT ABODE 現居地	ALSO TAUGHT BY 別個師承
Cheng Chuen Fun 鄭傳勳	M 男	HK 香港	Leung Ting 梁挺
Cheng Fook 鄭福	M 男	HK 香港	
[Cheng Pak] [鄭柏]	M 男	HK 香港	
*Chung Man Lin, Kenneth 鍾萬華	M 男	USA 美國	
Kwan Kwong 關光	M 男	HK 香港	
Kwok Chi Keung/Kwok Keung 郭志強（郭強）	M 男	HK 香港	[Ip Man] [葉問]
Kwok Siu Tong 郭少棠	M 男	HK 香港	
Lam, Paul 林玉堂	M 男	UK	
Leung Koon 梁冠			

LOK YIU
駱耀

師承葉問宗師

TAUGHT BY GRANDMASTER IP MAN

NAME 姓名	SEX 性別	PRESENT ABODE 現居地	ALSO TAUGHT BY 別個師承
Au Yeung Yun Sing 歐陽潤生	M 男	HK 香港	
Cheung Hing Nin 張慶年	M 男	HK 香港	
Kwan Keung 關強	M 男	HK 香港	
Kwong Keung 鄺強	M 男	HK 香港	
Lam Tin Wan 藍天雲	M 男	HK 香港	
Lau Hoi 劉海	M 男	HK 香港	
Lau Wing 劉榮	M 男	HK 香港	
Lee Shing 李成	M 男	LOK	
Leung Kwai, Michael 梁桂	M 男	USA 美國	[Ip Man] [葉問]

CHU SHONG TIN (TSUI SHEUNG TIN)
徐尚田

師承葉問宗師

TAUGHT BY GRANDMASTER IP MAN

NAME 姓名	SEX 性別	PRESENT ABODE 現居地	ALSO TAUGHT BY 別個師承
Chuk Sun Hung 竺承雄	M 男	HK 香港	
Chan Chong Chor 陳祥初	M 男	HK 香港	
*Chan Chun Tat 陳鎮達	M 男	HK 香港	
Chan Hing Tong 陳慶棠	M 男	HK 香港	
Chan Pak Wing 陳柏榮	M 男	HK 香港	
Chan Tak Man 陳德民	M 男	HK 香港	
Chan Tsz Chor, Danny 陳子初	M 男	HK 香港	
Chan Wai Hong 陳維雄	M 男	USA 美國	
Chan, Jimmy 陳紹昌	M 男	HK 香港	
Chang Sin Ming, James 鄭善明	M 男	HK 香港	

WONG SHUN LEUNG
黃淳樑

師承葉問宗師

TAUGHT BY GRANDMASTER IP MAN

NAME 姓名	SEX 性別	PRESENT ABODE 現居地	ALSO TAUGHT BY 別個師承
Aeberhard · Christoph	M 男	UK 華僑	
Au Yeung Kim Man 歐陽劍文	M 男	HK 香港	
Ballesteros · Pablo Nevado	M 男	SPN 西班牙	Nino Bernardo
Bernardo · Marcelino/Ninol	M 男	UK 英國	
Buschmann · Winfried	M 男	DEU 德國	
Chan Ho Man 陳浩文	M 男	HK 香港	
Chan Ping Leung 陳炳良	M 男	HK 香港	
Chan Wai Kong 陳偉剛	M 男	HK 香港	
Cheng Ui Chu 程月珠	F 女	HK 香港	
Cheng Wing Cheung 鄭永祥	M 男	HK 香港	
Cheung Kit Pian			

某天，葉準師父應邀帶領徒弟到一間小學介紹葉問詠春，講述自己作為傳承人的責任。

「我這兩個徒弟不錯，要放鬆些，不是人人做得到！」葉準師父讚賞兩人懂得以柔制剛的道理。

受到稱讚的阿樺深感自己與師父一樣，有傳承葉問詠春的使命，要代代相傳，不變形、不變質，於是找來阿晉商討大計。

先在學校組織詠春班，再帶領同學
參觀拳館，一對好朋友逐步實行
他們的詠春推廣計劃。

彼此也在學習和推廣葉問詠春的
過程中，相互學習，一起成長。

小知識

尋橋

在搏擊過程中，重心需要不斷轉移，尋橋就是練習盡快在轉移中鞏固重心，令攻防得心應手。

標指

將力量聚集起來的四隻手指，如同刀劍「標」出攻人要害。因為容易傷人，過往師父多考慮徒弟的功力和品格，達到水平才會傳授，所以有「標指不出門」的説法。

八斬刀

以詠春拳技為基礎的短刀刀法，對手腕力量的要求較高，一般在六點半棍學習中提升腕力和腰馬力，之後才修習八斬刀。

李民

葉問由佛山來到香港，前往飯店職工總會探望好友李民（又名李天培），得他介紹在那裡教詠春，在葉問詠春的發展中也常看到他的身影。後來詠春體育會成立，李民擔任秘書一職。

詠春族譜

詠春體育會 1990 年編製《詠春族譜》，列出葉問詠春門人的資料，包括各人的師承。葉問詠春部分傳承系統也有製作各自的族譜。

葉港超

葉準長子，葉問長孫。葉港超師傅為人低調，陪同父親四出教拳，從不張揚，甚少接受傳媒訪問，強調師徒關係、傳承技藝均講求緣份。在 2005 年出版的《葉問詠春世系圖譜》中，葉港超師傅與弟弟葉港健同被列為葉準直系弟子。

葉問早期四名弟子

「標指王」梁相

葉問宗師在香港的第一個弟子。他和師弟駱耀堅持學習詠春，及後更執起教鞭，讓葉問詠春得以發揚光大。

「尋橋王」駱耀

葉問宗師的近身弟子，經常隨師父四處去，稱為「隨師遊」，兩人相處時間很多，他對師父的了解更深。

「小念頭王」徐尚田

他在飯店工會打工時看著葉問教詠春，漸漸培養起興趣，後來更拜葉問為師。擅長攝影，宗師晚年不少照片都出自徐師傅之手。

「講手王」黃淳樑

愛以講手即比武尋求武藝上的精進。他是已故武打巨星李小龍的授業師兄，不時替師父葉問教授師弟技藝。

中國國家級
非物質文化遺產

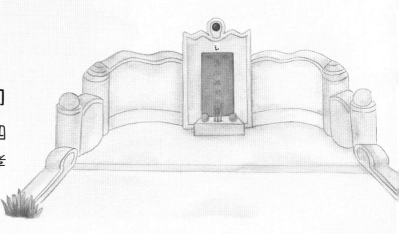

清明

華人社會紀念祖先的傳統節日，也是二十四節氣之一。主要儀式是祭祖和掃墓，是行孝道的具體表現，寄託對先人的懷念。

香港非物質文化遺產

紮作技藝

紮作師傅用竹篾、鐵線、紗紙和布料等紮成立體結構，再上色和組裝，製成品包括中秋節常見的兔仔燈籠。紮作品可用於節慶或裝飾，亦可作為宗教儀式中的祭品。

月餅製作技藝

月餅為中秋節的傳統食物及送禮物品，一般常見餡料有蓮蓉和蛋黃，製作過程包括搓餅皮、製餡料、壓模和烘焗等。至今發展出很多新口味，例如冰皮月餅和雪糕月餅。

盆菜

盆菜本是以木盆盛載多款菜餚的雜燴菜式，新界圍村傳統在祭祀和喜慶等場合舉行盆菜宴。盆菜近年大行其道，食肆趁佳節推出各種風味的盆菜，它漸漸由圍村傳統食物變成節慶食物。

我是李家文，在樹仁大學教書、做研究和寫報告，最近忙著和新聞與傳播學系的同事開展中華武術與體育文化傳播研究。和主角阿樺與阿晉一樣，不時上拳館。文無第一，武無第二，不少練武的朋友都覺得自己的師父最厲害。我上拳館近 10 年，認識有些詠春師傅從不自誇，他們教徒弟早已不只拳腳功夫。

不斷探索葉問詠春的內涵中，找來好朋友彭芷敏繼續創作，她提醒我：「這次要不要在鳴謝名單寫你兒子的中文名？」小時候最怕人家直呼我的全名，想不到長大了第一份長工，天天在電視台上班都要連名帶姓讀自己的名字。芷敏在《信報》國際版擔任主管，上班要不停寫呀寫，幸好不用讀自己的名字，她最怕尷尬的。

和《香港非遺與葉問詠春：阿樺出拳》一樣，鄧子健負責不停繪畫，畫了很多個夜晚，他可能開始懂很多詠春招式⋯⋯

《香港非遺與葉問詠春：阿樺秘笈》由構思到順利出版，有賴以下機構、組織和前輩等友好的啟蒙或協助，謹此致謝。

香港樹仁大學
田家炳基金會
《新武俠》
PVT

（排名以姓氏筆劃序）

于浣君小姐	梁偉基先生	葉準師傅
余富強先生	梁錦棠師傅	葉正師傅
李煜昌師傅	許正旺先生	葉港超師傅
林曉倫先生	許超穎女士	黎美懿小姐
胡鴻烈博士	陳蒨教授	駱勁江師傅
胡懷中博士	彭耀鈞師傅	嚴志偉師傅
孫天倫教授	黃匡中師傅	Irene Kam
徐貫通師傅	楊永勣師父	Aiden Leung
梁天偉教授	溫淑珍女士	Martin Leung

策劃編輯	梁偉基
責任編輯	許正旺
書籍設計	道　轍

香港非遺與葉問詠春

阿樺秘笈

著　　者	李家文　彭芷敏
繪　　者	鄧子健
出　　版	三聯書店（香港）有限公司
	香港北角英皇道 499 號北角工業大廈 20 樓
	Joint Publishing (H.K.) Co., Ltd.
	20/F., North Point Industrial Building,
	499 King's Road, North Point, Hong Kong
香港發行	香港聯合書刊物流有限公司
	香港新界荃灣德士古道 220-248 號 16 樓
印　　刷	美雅印刷製本有限公司
	香港九龍觀塘榮業街 6 號 4 樓 A 室
版　　次	2022 年 7 月香港第一版第一次印刷
規　　格	特 12 開（220 mm × 210 mm）56 面
國際書號	ISBN 978-962-04-4986-4